KB125393

개구리 왕자 왕진구

목차

# 1. 이무기 강철이와 개구리 나라의 전설

오늘은 여름방학 종업식 날입니다. 진구는 3교시에 시작하는 종업식을 기다리는 게 너무 지겹습니다.

"선생님, 오늘 날씨가 너무 좋죠? 종업식도 하고."

김동광 선생님은 진구를 살짝 흘겨보며 웃었습니다.

"왕진구, 너 수업하기 싫구나."

진구가 가장 좋아하는 4학년 1반 김동광 선생님은 2학년 때도 담임 선생님이었습니다. 학교에 소문난 장난꾸러기, 말썽꾸러기 대장 진구가 별나게 굴어도 야단도 치지 않고 늘 웃으며 귀여워해 주는 담임 선생님입니다. 진구가 애교스러운 눈빛을 김동광 선생님을 향해 날렸습니다.

"선생님, 재미있는 얘기 해 주세요. 선생님 애인 얘기도 좋고."

반 아이들은 키득거리며 이야기! 이야기! 소리쳤습니다. 선생님은 못 이기는 척 그럴까 하며 이야기를 시작했습니다.

"아쉽게도 선생님은 아직 애인이 없구나. 대신 다른 이야기를 해 주지. 누구 이무기가 뭔지 아는 사람?"

잘난 척 대장 수진이가 팔을 번쩍 들었습니다.

"용이 되지 못한 뱀입니다."

"그래 맞다. 수진이는 모르는 게 없구나. 오늘은 무시무시한 이무기와 개구리 나라 전설을 이야기 해주마. 잘 들어."

언제 준비해 두었는지 김동광 선생님은 낡은 지도를 펴서 칠판 위에 걸었습니다. 지도 맨 위쪽에 개구리 나라라고 적혀 있었습니다.

옛날 개구리 나라는 넓은 지역으로 개구리 왕이 여러 개구리 종족을 다스리며 평화롭고 행복하게 살아가는 땅이었습니다. 개구리 나라는 세상 모든 종류의 장미와 꽃이 호수와 연못 사이의 길마다 빽빽이 피어 있는 아름다운 나라였습니다. 하늘에는 수

련꽃이 별처럼 반짝거리며 피어 있었고 금개구리, 청개구리, 참개구리, 산개구리 등 수천 종의 개구리들이 행복하게 함께 사는 나라였습니다. 사람들이 세상에서 본 적도 없는 개구리도 많았지요. 사람들은 개구리가 시끄럽게 떠든다고 말하지만 개구리 나라에 한 번 가봤다면 그런 말은 못 했을 겁니다. 수련 위에, 연꽃 위에, 토란 위에, 장미꽃 속에서 조용히 사색하는 개구리들이 많으니까요. 그리고 개구리 나라 곳곳에 핀 화려한 꽃굴을 지나면 여러 곳에 은빛 분수들이 노랫소리에 맞춰 춤추는 광장도 있었습니다. 마치 여러 개의 무지개가 솟아나는 것처럼 보였습니다. 어디에서든 어린 개구리들이 평안히 깔깔대며 마음껏 뛰어놀 수 있었습니다. 강철이가 개구리 나라의 아름다운 호수 중 한 곳을 통해 침입하기 전까지.

강철이는 이무기입니다. 뱀이 오백 년을 살면 이무기가 되고, 이무기가 또 오백 년을 살면 용이 됩니다. 이무기는 용이 되려고 물속에서 천 년을 수행합니다. 세계 곳곳의 맑고 깊은 물에는 이무기가 조용히 수행하고 있습니다. 이무기 중에서 아주 강한 이무기, 강철이란 이무기가 있습니다. 이무기는 비만 다스리는 능력이 있고 강철이는 불을 뿜고, 가뭄이나 우박 등 기상이변을 일으키는 힘을 가졌습니다. 그런데 이상한 강철이가 개구리 나라에 나타났습니다. 비와 불을 둘 다 다스리며 이무기의 꿈인 용이 되는 것을 포기하고 개구리 나라를 차지해 개구리 나라 백성을 먹이로 삼고 종으로 부리며 혼자 행복하게 살려는 강철이가 나타난 것입니다. 어느 날 개구리 나라의 위치를 알아낸 강철이는 침입하여 무섭고 잔인한 일을 벌이기 시작했습니다. 강철이는 많은 개구리 병사와 개구리 나라 백성을 잡아먹거나 죽였습니다. 참다못한 개구리 왕은 직접 나서서 강철이와 결투를 벌였습니다. 개구리 왕은 한 달 동안 강철이와 개구리 나라 광장에서 싸웠습니다. 광장의 대부분이 부서지고 개구리 왕은 많은 상처를 입었지만 결국 승리하여 강철이를 꽁꽁 묶어 다시는 세상에 나오지 못하도록 영원한 감옥에 가두었습니다. 그런 다음 개구리 왕은 강철이가 탈출하지 못하도록 개구리 나라를 개구리 왕국과 개구리 마을로 나누었습니다. 개구리 왕국은 세상과 멀리 떨어진 하늘 아래 어느 곳으로 옮겼고 남겨진 개구리들은 사람으로 변하게 해서 개구리 마을을 오염되지 않게 지키며 살게 했습니다. 그 이후 개구리 마을 사람들은 강철이에게서 목숨을 구해 준 고마운 개구리 왕을 기리기 위해서 마을 입구에 커다란 개구리 왕돌상을 세웠고 마을 이름도 개구리 마을로 부르기 시작했습니다. 지금도 개구리 마을 할아버지들은 어딘가에 개구리 왕이 살고 있고 개구리 마을 사람들은 모두 개구리의 후손이라고 말하고 있습니다.

이야기를 마친 김동광 선생님은 지도를 가리키며 옛날 개구리 나라의 진짜 지도라고 말했습니다. 그리고 갑자기 긴장한 표정을 지었습니다.

"그런데 그 강철이가 사계절 온화하고 세상에서 가장 깨끗하고 맑은 개구리 나라와 개구리 마을을 차지하려고 다시 나타났다는구나... 어때, 무섭지? 너희들도 방학 동안 강철이를 정말 조심해야 한다. 보이며 얼른 도망가야 한다, 알았지."

반 아이들이 김동광 선생님은 뻥쟁이라고 떠들며 여기저기서 웃음보를 터뜨렸습니다. 반 아이들은 방학이 시작되어서 무조건 좋았습니다.

# 2. 새 담임 선생님

벌써 방학이 끝나고 개학 날이 되었습니다. 참새가 창가에 앉아 짹짹 지저귑니다. 아침마다 진구를 깨워주는 알람입니다.

"참새야, 오늘 아침도 땡큐!"

진구는 아침 일찍 일어나 학교에 갑니다. 하늘은 바다처럼 짙푸르고 산은 녹색의 보석처럼 반짝입니다. 바람이 넓은 논을 살짝 스치면 벼들은 살랑살랑 춤을 춥니다. 진구가 발걸음을 옮길 때마다 논두렁에 앉아 있던 개구리가 풍덩풍덩 논으로 뛰어듭니다. 진구가 사는 개구리 마을은 우리나라에서 가장 깨끗한 마을로 알려진 아름답고도 평화로운 곳입니다. 오늘 아침도 상쾌한 기분으로 콧노래를 부르며 씩씩하게 학교로 걸어갑니다.

"♪개울가에 올챙이 한 마리 ♬"

"진구야, 기다려. 할 말이 있어."

마을회관 앞에서 병석이가 고래고래 고함을 지르며 기다리라고 손짓했습니다. 진구는 불안한 기분이 들었습니다.

'병석이가 저러면 항상 안 좋은 소식을 전할 때가 많았는데...'

"헉헉!"

병석이가 땀을 뻘뻘 흘리며 달려왔습니다.

"진구야 너 모르고 있지? 우리 반 담임 선생님이 바뀐대."

"뭐라고? 그럼 김동광 선생님은?"

"김동광 선생님은 갑자기 학교를 그만두셨대. 아빠가 쉬쉬하며 엄마와 하는 얘기를 조금 들었는데 어딜 물리셨다고 하는 것 같기도 했고... 이유는 정확히 모르겠어. 아무튼 김동광 선생님 건강이 안 좋으시다는 건 틀림없는 것 같아. 그래서 새 담임 선생님이 오셨대. 누군지 궁금하지 않니?"

"야, 김병석! 선생님에게 무슨 일이 있었는지 자세히 물어봤어야지. 네 소식통은 왜 항상 그 모양이야."

진구가 병석이에게 버럭 화를 냈습니다. 병석이 얼굴이 잔뜩 구겨졌습니다. 진구는 못 본 체 했습니다. 진구는 김동광 선생님이 걱정도 되면서 이유도 알리지 않고 학교에 못 온다니 미운 마음도 들었습니다. 진구는 화가 나서 병석이에게 또 퉁명스럽게 말했습니다.

"새 담임 선생님이 누군지 난 관심 없어. 너나 관심 많이 가져라."

"진짜? 외국에서 대학교를 졸업하고 우리 학교에 오셨대. 자그마한 키에 눈이 아주 크고 엄청 예쁜 선생님이라고 하던데."

"그래도 난 관심 없다."

말은 그렇게 했지만 사실 진구도 조금은 궁금했습니다. 병석이가 교무실로 가보자며 진구의 팔을 잡아당겼습니다. 진구는 못 이기는 척 병석이와 교무실로 갔습니다. 복도를 살금살금 지나가는데 교장 선생님의 목소리와 여러 선생님의 박수 소리가 들려왔습니다.

"이미진 선생님! 우리 학교에 오신 것을 환영합니다."

교실로 가는 척하면서 창문 너머로 새 담임 선생님을 슬쩍 보았습니다. 자그마한 키에 꽃무늬가 놓인 노란 원피스를 입은 여자 선생님이 보였습니다. 교무실 한쪽 편에서 익숙한 굵은 목소리가 들렸습니다. 작년 3학년 담임 선생님이었던 허중만 선생님이었습니다.

"이미진 선생님, 내가 정보 하나 알려주죠. 그 반에 왕진구라는 녀석이 있어요. 제일 말썽꾸러기니까 그 녀석만 꽉! 잡아 놓으면 일 년이 편하실 겁니다."

"호호호. 저도 왕진구 알아요. 개구리 마을 이장님 아들 맞죠?"

"허허, 신기하네. 학교에 온 첫날인데 그걸 어떻게 아셨어요?"

이미진 선생님은 며칠 전 이사 온 첫날 이런저런 소식을 듣게 되었다고 말했습니다. 진구는 허중만 선생님을 한 번 쓱 째려보고 교무실 앞을 빠르게 지나갔습니다. 병석이가 고개를 갸웃거리며 말했습니다.

"너, 벌써 담임 선생님과 아는 사이였어?"

"아니, 난 전혀 몰라. 진심."

진구는 새로 온 담임 선생님이 벌써 자기를 알고 있어서 이상하다는 생각도 들었지만 김동광 선생님 걱정이 앞서서 금세 잊어버렸습니다. 교실로 들어간 지 얼마 지나지 않아 또각또각 구둣발 소리가 들렸습니다. 잠시 후 새 담임 선생님이 교실 문을 열고 들어왔습니다. 선생님은 큰 눈을 굴리며 쭉 아이들을 훑어보고는 활짝 웃었습니다.

"여러분, 안녕! 만나서 정말 반가워요. 선생님 이름은 이미진입니다."

진구가 질문이 있다며 팔을 번쩍 들었습니다. 새 담임 선생님은 의아한 표정으로 진구를 바라보았습니다.

"선생님, 김동광 선생님은 어떻게 되셨어요? 왜 갑자기 학교를 그만두셨어요?"

반 아이들의 시선이 모두 새 담임 선생님에게로 쏠렸습니다. 선생님은 잠시 생각하는 듯 머뭇머뭇하다가 대답했습니다.

"김동광 선생님은 이상한 뱀에게 물려서 지금 치료를 받고 있어요. 완쾌되기까지 시간은 좀 걸리겠지만 괜찮아지실 겁니다. 걱정하지 말고 열심히 공부하고 있으면 건강한 모습으로 학교에 돌아오겠다고 말씀하셨어요."

진구는 새 담임 선생님이 뭔가 숨기고 있다는 느낌을 받았지만 더 묻지는 못했습니다. 선생님이 출석을 부르겠다며 반 아이들 이름을 부르기 시작했기 때문입니다. 아마 반 아이들 이름을 외우려고 하는 것 같았습니다. 반 아이들은 새 담임 선생님이 너무 좋아 보인다며 소곤소곤했습니다. 선생님은 마지막 번호인 성지민까지 이름을 부른 후 조용히 칠판으로 다가가 커다랗게 급훈을 적었습니다.

# 3. 급훈

- 급훈 -
## 깨끗한 환경을 만들자.

새 담임 선생님이 칠판에 적은 급훈을 보고 아이들 눈이 휘둥 그레졌습니다. 병석이, 인수, 진욱이가 서로를 쳐다보며 인상을 찌푸렸습니다. 진구도 쓴 약을 먹은 것처럼 얼굴을 찡그렸습니다.

'앞으로 청소가 힘들어지겠구나!'

그런데 수진이는 풋! 하고 입을 살짝 가리며 웃었습니다.

'아니 쟤는 뭐가 좋다고 웃는 거야. 청소하는 것을 제일 싫어하는 애가.'

진구는 수진이의 웃는 모습에 괜스레 짜증이 났습니다. 급훈을 보고 교실이 시끌시끌해지자 이미진 선생님은 급훈의 뜻에 관해 설명해 주었습니다.

"조용! 깨끗한 환경을 만들자는 것은 매일 교실 청소를 해야 한다는 뜻은 아닙니다. 학교와 마을 주변 환경을 깨끗이, 크게는 지구를 깨끗이 해야 한다는 뜻입니다. 우리가 살고 있는 이 세상이 오염되고 더러워지면 우리는 살아갈 수 있을까요? 선생님은 환경의 지표라고 불리는 개구리를 무척 좋아합니다. 이유는 개구리가 환경 변화에 아주 민감하여 우리에게 깨끗한 환경 지역을 알려주기 때문입니다. 개구리는 피부로 숨을 쉬기 때문에 환경오염, 이상기후 변화가 있으면 다른 곳으로 이사를 가버려요. 만약 지구에서 개구리가 사라진다면 사람들도 모두 사라지게될 겁니다. 우리가 사는 세상은 우리가 깨끗하게 지켜나가야 하겠죠? 말썽이 없는 즐거운 교실을 만드는 것도 깨끗한 환경 만들기에 포함됩니다. 알겠어요?"

이미진 선생님은 깨끗한 환경의 중요성에 관해 열심히 알려 주었습니다. 그러나 반 아이들은 지겨워서 하품을 늘어지게 하며 '네~' 하고 기어들어 가는 목소리로 대답했습니다. 진구는 입을 씰룩 내민 채 대답은 하지 않고 딴청을 부렸습니다.

'선생님은 왜 하필 나를 보면서 말하는 거야. 엄청 기분 나쁘게.'

진구는 샐쭉 토라졌습니다. 이미진 선생님은 진구의 속마음을 다 알고 있다는 듯 살며시 미소를 지으며 말했습니다.

"왕진구! 너한테만 하는 이야기가 아니니까 화내기는 없기다."

진구는 이미진 선생님이 생각을 읽는 초능력자인가 싶어 끔쩍 놀랐습니다.

# 4. 이미진 선생님은 초능력자

다음 날 아침 등굣길에 병석이와 함께 마을 회관 앞을 지나가는데 엉터리 예보관 별명을 가진 석민이 할아버지가 진구에게 말했습니다.

"비가 올 거야. 곧 마을에 검은 비가 내릴 거야."

"할아버지, 허리도 쑤시고 다리도 아프세요? 날씨가 이렇게 좋은데?"

석민이 할아버지는 엉터리 일기 예보를 잘합니다. 매번 몸만 아프면 비가 올 거라고 해서 마을 사람들은 할아버지의 일기 예보를 믿지 않습니다. 진구가 할아버지께 인사를 하고 지나가는데 수진이네 집 쪽에서 이미진 선생님이 사뿐사뿐 걸어왔습니다. 진구와 병석이는 잘못 본 게 아닌가 싶어 눈을 쓱쓱 비비고 다시 보았습니다.

"뭐야? 병석아! 내가 잘못 본 거 아니지? 이미진 선생님 맞지?"

"응. 그래. 분명히 이미진 선생님 맞아!"

진구는 당황해하며 팔꿈치까지 내린 가방끈을 고쳐 메었습니다. 수진이가 이미진 선생님 뒤를 따라왔습니다. 수진이는 이미진 선생님 뒤에서 킥킥 웃으며 약 올리듯 말했습니다.

"왕진구, 너 그 표정 뭐냐?"

진구는 수진이에게 말대꾸도 안 하고 이미진 선생님을 향해 물었습니다.

"선생님! 우리 마을에서 살기로 하셨어요?"

"그래, 수진이네 집에 마침 빈방이 있어서. 선생님은 도시가 정말 싫어. 농촌은 조용하고 자연환경도 좋잖아. 몸도 마음도 건강해지는 이 느낌! 앞으로 마을 주민끼리 친하게 지내자, 왕진구! 김병석!"

진구와 병석이 낯빛이 가매졌습니다. 수진이가 모깃소리만 한 목소리로 얄밉게 말했습니다.

"너희들 이제 학교에서 말썽은 다 부렸다. 메롱!"

수진이의 말은 진구 가슴을 콕콕 찔러대는 바늘 같았습니다.

'왜 하필……'

시간이 지날수록 진구는 이미진 선생님이 다른 선생님과 뭔가 다르다는 의심이 들기 시작했습니다. 수요일 3교시, 체육 수업 시간 때였습니다. 이미진 선생님이 제자리멀리뛰기 시범을 보여준다며 몸을 웅크렸습니다. 그 순간 선생님의 파란 체육복 바지 허벅지 부분이 별안간 부풀어 오르는 것을 진구는 보았습니다. 이미진 선생님이 '얍!'하고 힘차게 뛰었습니다. 개구리처럼 위로 높게 앞으로 쭉... 쭉... '퍽!' 멀리뛰기장 모래가 사납게 사방으로 튀었습니다. 엄청난 거리였습니다. 아이들은 와! 하고 함성을 질렀고 진구는 입을 다물 수가 없었습니다.

'말도... 안 돼. 도대체 얼마나 멀리 뛴 거야?'

병석이가 들고 있던 줄자를 빼앗아 이미진 선생님이 뛴 거리를 재어보았습니다. 사 미터 오십 센티미터! 진구는 눈을 비비고 줄자의 눈금을 다시 확인했습니다. 틀림없는 사 미터 오십 센티미터였습니다. 제자리멀리뛰기 세계 신기록은 바이런 존스가 세운 삼 미터 칠십삼 센티미터입니다.

'세계 신기록을 경신했어! 그것도 너무나 가볍게.'

진구는 입을 다물지 못한 채 이미진 선생님을 의심스러운 눈으로 쳐다보았습니다. 진구는 이미진 선생님 뒷다리 근육이 헐크처럼 불끈! 불끈! 솟아오르는 것을 떠올렸습니다. 다른 아이들은 전혀 알아채지 못한 것 같았습니다.

'이미진 선생님은 숨겨진 진짜 초능력자? 아니면... 사람이 아닌가?'

병석이, 수진이와 함께 이미진 선생님의 놀라운 제자리멀리뛰기 기록에 관해 떠들며 집을 향해 걸어가는데, 갑자기 수진이가 움찔 놀라며 진구를 향해 말했습니다.

"진구야, 요즘 뭔가가 우리를 항상 감시하고 있다는 느낌이 들지 않니? 난 지금도 누가 우릴 지켜보고 있다는 느낌이 들어."

병석이는 잘 모르겠다고 말했습니다. 사실 진구도 얼마 전부터 누군가가 감시하고 있다는 느낌을 받았습니다. 또 크고 날카로운 이빨을 가진 뱀이 진구를 죽이려고 기어 오는 악몽에 밤마다 시달리고 있었습니다. 그동안 혼자만 느끼는 불안감이라고 생각했는데 그렇지 않은 것이 분명해졌습니다.

'수진이도 불안감을 느끼고 있어. 그렇다면 정말로 누군가가 우리를 지켜보고 있다는 것인가?'

진구는 정체 모를 뭔가가 계속 따라다니고 있다는 확신이 들었습니다.

# 5. 이상한 새 방과 후 선생님과 우파루파

이미진 선생님의 이상한 행동은 계속되었습니다. 구월 첫째 주 목요일 오후, 방과 후 '실험과학' 수업이 있는 날이었습니다. 갑자기 방과 후 수업 담당 선생님이 바뀌었습니다. 진구는 좀 이상하다고 생각하면서도 그럴 수도 있겠지 라고 생각하고 말았습니다. 진구가 새 방과 후 선생님 심부름으로 우파루파가 담긴 통을 들고 이층 교실 앞을 지날 때였습니다. 우연히 복도에서 이미진 선생님과 마주쳤습니다.

"진구야, 그 통 안에 든 건 뭐야? 무거워 보이는데. 선생님이 같이 들어줄까?"

"혼자 들고 갈 수 있어요. 방과 후 실험과학 수업 재료예요. 우파... 뭐라고 하던데... 맞다! 우파루파가 든 통이라고 하던데요."

갑자기 조용히 있던 우파루파가 통을 확 열어젖힐 듯 날뛰기 시작했습니다. 이미진 선생님은 무슨 소리를 들은 듯 갑자기 뒷걸음질을 쳤습니다. 그때 아주 낮고 음침한 말소리가 들렸습니다.

"강철이 님이 오신다."

이미진 선생님의 얼굴이 핏기가 하나 없이 하얘졌습니다. 겁먹은 표정이 되어 후다닥 반대쪽으로 도망치듯 다급하게 가버렸습니다. 이미진 선생님의 이상한 행동에 진구는 우파루파가 뭔지 궁금해져 통 안을 살짝 들여다보았습니다. 괴상하게 생긴 도롱뇽 한 마리가 점점 커지며 꿈틀거리는 것이 보였습니다. 그때 진구는 몸이 스스로 경계하듯 부풀어 오르는 괴상한 느낌을 받았습니다. 우파루파가 너무 징그럽고 오싹한 느낌마저 들어 통을 떨어뜨릴 뻔했습니다. 진구는 허겁지겁 통의 입구를 닫아 버렸습니다. 오소소 소름이 돋았지만 조심조심 통을 들고 방과 후 교실을 향해 걸음을 옮겼습니다. 우파루파가 계속 통 안에서 쿵쾅거리며 요동쳤습니다. 진구가 도착하자 새 방과 후 선생님은 진구의 눈빛을 슬쩍 흘겨보고는 이해할 수 없는 미소를 지었습니다.

실험과학 수업이 시작되었습니다.

"방과 후 선생님이 몸이 아파서 내가 대신 왔다. 오늘만 내가 수업을 하니까 내 소개는 생략하고 바로 수업에 들어가겠다. 우파루파는 멕시코 중부에 있는 호히밀코 호수에 서식하는 점박이 도롱뇽으로……."

새 방과 후 선생님은 진짜 이상한 선생님이었습니다. 우파루파를 설명하면서 진구를 잡아먹을 듯 계속 노려보았습니다. 새 방과 후 선생님의 시선을 피해 교실을 둘러보니 아이들은 별 흥미가 없다는 듯 창밖을 쳐다보며 실실 하품을 하고 있었습니다. 새 방과 후 선생님은 졸린 아이들을 깨우려는 듯 무섭게 '잠 깨!'하고 소리를 버럭 질렀습니다.

"자! 이제 제대로 실험을 시작해 볼까. 자세히 관찰하고 난 후 관찰지에 기록한다. 알겠습니까?"

"네, 선생님."

아이들이 대답하자 새 방과 후 선생님은 묘한 표정을 지으며 우파루파를 큰 사각 유리 수조 안에 넣었습니다. 그런 다음 올챙이

한 마리를 우파루파가 든 수조 안에 보란 듯이 집어넣었습니다. 새 방과 후 선생님의 눈치를 보듯 멈칫하고 있던 우파루파가 선생님이 고개를 끄덕이자 쏜살같이 '휙!'하고 달려들어 올챙이를 잡아먹었습니다. 우리가 알고 있는 온순한 우파루파가 아니었습니다. 화난 괴물 같이 행동했습니다. 아이들은 예상치 못한 우파루파 행동에 얼음처럼 굳어 버렸습니다. 우파루파가 뭔가를 찾는 듯 두리번거리다가 아이들 뒤에 숨어 있는 수진이를 보고는 흥분해서 날뛰었습니다. 그 순간 수진이가 소스라쳐 뒷걸음을 치다가 엉덩방아를 찧었습니다. 새 방과 후 선생님이 느닷없이 웃으며 이상한 말을 했습니다.

"겁이 많아 보이는군. 우리에겐 너무 좋은 일이지."

새 방과 후 선생님은 흐뭇하게 계속 웃다가 수조에서 날뛰는 우파루파를 잡아 통에 넣고는 수업도 끝마치지 않고 교실을 빠져나가 버렸습니다. 우파루파가 얼마나 심하게 통 안에서 요동치는지 쿵쾅거리는 소리가 여전히 들렸습니다. 마치 밖으로 뛰쳐나와 잡아먹으려는 듯이. 새 방과 후 선생님이 사라지자 진구는 장난스러운 웃음을 지으며 수진이를 놀렸습니다.

　"그게 뭐 무섭다고 난리야. 양수진, 너 왕 겁쟁이구나."

　수진이가 한심하다는 표정으로 진구를 쳐다보았습니다.

　"바보, 멍청이. 넌, 너에 대해서 몰라도 너무 몰라."

　"바보라고. 뭐, 멍청이라고! 어이구, 남자인 내가 참아야지."

　진구는 수진이를 쥐어박으려다 말고 휙 뒤돌아서 축구하러 운동장으로 가버렸습니다.

　다음 날 조회 시간. 이미진 선생님이 손짓으로 진구를 불렀습니다. 무슨 걱정거리가 있는 듯 얼굴에 근심이 가득해 보였습니다.

"진구야, 수진이가 오늘 아파서 결석했는데 혹시 어제 방과 후 수업 시간에 무슨 일 있었니?"

"조금요. 우파루파가 방과 후 수업 실험 중에 갑자기 수진이를 향해 잡아먹을 듯이 날뛰었어요. 그걸 본 수진이는 너무 놀라서 엉덩방아를 찧고 벌벌 떨었어요. 우파루파가 저를 보고도 심하게 날뛰었지만 전 겁내지 않았어요."

진구는 잘난 척하는 수진이가 얄미워 대수롭지 않은 일이라는 듯 말했습니다. 말은 그렇게 했지만, 진구는 수진이가 조금은 걱정되었습니다. 그리고 수진이의 말이 떠올랐습니다.

'수진이가 많이 아픈가... 우파루파는 왜 갑자기 흥분했지? 수진이는 내가 뭘 모른다고 한 거지?'

진구는 수업을 마치고 혼자 수진이네 집으로 병문안을 갔습니다. 막상 수진이에게 병문안 왔다고 하려니 쑥스러워 진구는 수진이네 집 대문 앞만 뱅뱅 맴돌았습니다. 때마침 수진이 어머니가 대문을 열고 나왔습니다. 진구는 꾸벅 인사를 했습니다.

"수진이가 걱정되어서 병문안 왔니? 진구 착하네. 수진이 방에 혼자 있으니까 얼른 들어가 보렴."

"수진이는 이제 괜찮아요? 안 아프대요?"

"그래, 조금 놀란 것뿐이야. 얼른 들어가 봐."

"네."

진구는 수진이를 만나지 않고 그냥 집으로 돌아왔습니다. 수진이가 쉬는 것을 방해하고 싶지 않았습니다.

'괜찮다니 다행이다. 푹 쉬고 나면 내일 국기원 승단 심사에는 함께 갈 수 있겠지.'

# 6. 서로 닮은 것 같아

태권도 국기원 심사가 있는 토요일. 빛나라 태권도장 노란 차가 뽀얀 먼지를 일으키며 신나게 마을로 달려왔습니다. 진구와 병석이, 수진이를 태우러 온 것입니다. 진구와 병석이는 어렸을 때부터 함께 도장을 다녔고, 수진이는 이년 전 전학 온 후로 쭉 같이 빛나라 태권도장을 다녔습니다. 태권도 도장을 갈 때마다 사범님은 수진이를 지겹도록 칭찬했습니다.

"수진아, 너 어쩌면 그렇게 공중 발차기를 잘하니. 볼 때마다 놀랍고 신기하다 야. 우리 수진이는 태권도 천재야, 천재."

수진이는 공중 모둠발 차기를 유달리 잘했습니다. 공중 모둠 옆차기, 공중 모둠발 돌려차기, 공중 모둠발 반달차기 등 개구리처럼 풀쩍 공중으로 뛰어오른 뒤 양발을 모아 붙이고 차는 기술은 모두 잘했습니다. 수진이가 오기 전에는 진구가 태권도 도장에서 가장 인기가 좋았습니다. 진구가 겨루기나 품새 시범을 보일 때면 아이들은 손뼉을 치며 부러워했습니다. 그럴 때면 진구는 어깨에 힘을 팍팍 주며 으스대곤 했는데... 이젠 수진이 때문에 항상 도장에서 이등이 되었습니다. 진구는 아무리 노력해도 수진이의 공중 모둠발 차기 실력은 따라잡을 수가 없다는 생각을 했습니다. 왜냐면 수진이의 공중 발차기는 초등학교 4학년이 뛰어오를 수 있는 높이의 공중 발차기가 아니기 때문입니다. 사범님이 수진이의 공중 모둠발 차기를 처음 보았을 때 놀라서 입을 다물지 못했습니다. 사범님은 수진이에게 하늘이 준 점프 실력이라고 말했습니다.

노란 차가 멈춰 선 뒤 사범님이 내려서 차 문을 열어 주었습니다. 차를 타면서 수진이가 진구에게 물었습니다.

"왕진구! 너 승단 심사 준비는 열심히 했어?"

"연습 안 해도 잘할 수 있거든."

"아무렴 그렇지. 왕진구, 태권도 연습 좀 열심히 해! 너는 나보다 훨씬 더 태권도를 잘할 수 있는데 왜 그렇게 게으른 거야. 제발 노력 좀 하시지!"

"잘난 체 하기는. 너나 잘하셔."

수진이와 토닥거리는 동안 벌써 국기원에 도착했습니다. 몇 번이나 와본 곳이지만 진구는 올 때마다 가슴이 두근거렸습니다. 심사 차례를 기다리는 동안 사범님은 긴장감도 풀 겸 청개구리 게임이나 하자고 말했습니다. 청개구리 게임은 앉으라고 하면 일어나고 일어나라고 하면 앉는 모든 걸 반대로 하는 게임입니다.

"모두 준비됐나? 시작한다."

"앉아! 일어나! 왕진구, 탈락!"

진구는 첫 게임 시작과 동시에 탈락했습니다. 병석이도 곧이어 탈락. 수진이는... 한 번도 틀리지 않고 승단 심사를 같이 온 열 명 중에서 마지막까지 살아남았습니다.

"양수진! 너 정말 개굴개굴 청개구리 아니야? 반대로 하는 게 체질인가 보다야. 개구리처럼 눈도 크고, 입도 크고."

진구가 열심히 약을 올리는데도 수진이는 아무렇지도 않다는 듯 화도 내지 않고 싱겁게 피식 웃어버렸습니다. 진구는 허탈했습니다.

'이 상황에서 화를 내야 하는데... 김빠지게. 수진이는 진짜 청개구리다.'

진구는 수진이의 웃는 모습을 보면서 문득 누군가 닮아 보인다는 생각이 들었습니다.

"병석아, 그동안은 몰랐는데 수진이 웃는 모습이 누군가를 닮은 거 같지 않아? 누구지..."

"그게... 나도 얼마 전부터 든 생각인데... 수진이가 담임 선생님을 많이 닮은 것 같아."

'가만! 이미진 선생님과 수진이는 닮은꼴처럼 눈과 입이 유달리 커... 더구나 오랫동안 서로 아는 사이 같기도 했고……'

진구는 이상하다는 생각이 들었지만 곧 승단 심사가 시작되면서 잊어버렸습니다. 병석이와 진구는 이품 심사를 겨우 통과했는데 수진이는 삼품 심사도 장난처럼 통과했습니다. '쳇!' 진구는 뭐든 잘하는 수진이가 얄미웠습니다. 승단 심사를 마치고 해거름이 다 되어 집으로 가는 길에 진구와 병석이는 서로 장난을 치고 깔깔대며 논 사이로 난 마을길을 걸어갔습니다. 저만치 뻐기

듯 혼자 앞서가던 수진이가 갑자기 쪼그려 앉았습니다. 가까이에 가보니 개구리 한 마리가 온몸에 상처를 입고 길옆에 쓰러져 죽어 있었습니다. 수진이가 눈물을 뚝뚝 흘렸습니다. 진구가 옆에 온 것을 본 수진이는 엉엉 소리 내며 더 크게 울었습니다.

"너무 가여워. 조금만 더 빨리 뛰어서 피하지."

진구는 착한 척까지 하는 수진이가 또 못마땅해 개구리를 길옆으로 차 버렸습니다. 수진이 얼굴이 타는 노을처럼 시뻘겋게 달아올랐습니다. 사자가 으르렁거리는 듯 고함을 질렀습니다.

" 이... 멍청이... 넌 말이야. 넌……."

수진이는 너무 흥분해서 말을 잇지 못했습니다. 잠시 후 숨을 고르고 난 수진이가 말했습니다.

"사람이든 동물이든 생명은 다 소중한 거야. 왕진구, 너 두 번 다시 안 봐! 아무것도 모르는 멍청한 골뱅이. 잔인한 쏘가리."

청개구리라고 놀려도 가만있더니, 죽은 개구리 한 마리 발로 찼다고 골뱅이니 쏘가리니 이상한 말로 욕을 하며 심하게 화를 내는 수진이를 진구는 이해할 수가 없었습니다. 병석이도 황당하다는 표정이었습니다. 화를 참기 힘든지 수진이가 또 발끈하며 소리를 질렀습니다.

"왕진구, 너 두고 봐! 나중에 후회하게 될 거야."

"웃기시네. 하나도 안 무섭네."

수진이가 울면서 집으로 뛰어갔습니다. 진구와 병석이는 장난을 치며 느긋하게 걸어갔습니다. 그때였습니다. 바람 한 점 없는 논에서 벼가 갑자기 구불구불 흔들렸습니다. 그러더니 멀리서 집 채만 한 삼각형의 뱀의 머리가 쑤욱 올라왔습니다. 커다란 뱀이 검은 눈을 반짝이며, 혀를 날름대며, 진구와 병석이를 향해 다가오고 있었습니다. '엄마야!' 병석이가 소리를 지르며 쏜살같이 달음질쳤습니다. 진구도 엉겁결에 병석이와 함께 정신없이 달렸습니다. 한참을 달리다 뒤를 돌아보니 뱀이 구름처럼 연기처럼 공기 중으로 흩어지고 있었습니다. 잘못 본 것이겠지 라고 생각하면서도 진구는 어쩐지 으스스한 느낌에 기분이 좋지 않았습니다.

# 7. 수진이의 복수

진구는 다음 날에도 기분이 영 찝찝한 상태로 학교에 갔습니다. 불안한 마음이 계속 이어진 탓인지 급식 시간에 생각지도 못한 일이 터졌습니다. 배식판을 들고 가던 수진이가 진구의 팔에 부딪혀 배식판에 담긴 음식이 모두 급식실 바닥에 쏟아졌습니다.

"왕진구, 너 고의로 그런 거지?"

"아, 아니야. 진심. 일부러 그런 거 아니라니까."

"네가 하는 말은 조금도 못 믿겠어."

화난 수진이가 진구를 한참 동안 노려보더니 천천히 고개를 돌려 배식대 쪽을 바라보았습니다. 배식을 기다리며 줄을 서 계시던 이미진 선생님이 돌아보았습니다. 그걸 본 수진이는 울먹울먹하다가 이내 눈물을 주르륵 흘렸습니다. 진구는 얼굴이 홍당무처럼 빨개지며 어쩔 줄 몰랐습니다.

"선생님, 진구가 고의로 제 식판을 쳐서 떨어뜨렸어요."

선생님의 하얀 얼굴이 붉으락푸르락 달아올랐습니다.

"왕진구! 급식 다 먹고 교실로 가 있어! 알았어?"

진구는 변명을 하고 싶었지만 당황해서 말 한 마디 못 한 채 멀뚱히 서 있었습니다.

'병석이에게 빨리 오라고 손을 흔들다 실수로 부딪쳤는데…….'

진구는 점심을 먹는 둥 마는 둥 하고서 이미진 선생님이 식사를 하는 식탁 쪽만 바라보았습니다. 선생님이 식사를 마치고 교실을 향해 가자 진구도 고개를 푹 숙이고 곧장 따라갔습니다. 교실에 도착한 이미진 선생님은 잔뜩 화난 얼굴로 꾸지람했습니다.

"왕 진구, 너! 한두 번도 아니고 장난이 너무 심하다고 생각하지 않니? 이번에는 정말 어머니께 전화를 드려야겠다."

진구는 선생님에게 다시는 장난을 치지 않겠다고 빌고 또 빌었습니다. 선생님은 마지막으로 용서해 준다고 말했습니다. 운동장에는 햇볕이 쨍쨍 내리쬐고 나뭇가지 사이로는 새들은 즐겁게 지저귀는데 진구의 마음은 온통 먹구름으로 가득 찼습니다.

터벅터벅 힘없이 마을길을 걸어가는데 경운기 한 대가 달려와 진구 앞에 멈춰 섰습니다. 나이가 마흔이 다 되어 가는데도 아직 장가를 못 간 진구 삼촌이었습니다. 삼촌은 진구의 표정을 살피며 다가오더니 갑작스레 뒤통수를 콕 쥐어박았습니다.

"왕진구! 너 삼촌을 보고도 인사도 안 하냐. 어깨를 축 늘어뜨린 걸 보니 또 학교에서 혼났지? 안 봐도 비디오다, 녀석아. 쌤통이다."

"말 시키지 말고, 삼촌은 장가나 가."

진구는 말할 기분이 영 아니었습니다. 보기만 하면 약을 올리는 삼촌이 오늘따라 더 미웠습니다. 진구는 삼촌에게 소리치다시피 말했습니다.

"나는 매일 혼만 나는 사람이야. 삼촌, 바보!"

"말썽꾸러기, 왕자님. 말썽 좀 그만 피우시지. 그럼, 내일 또 보자."

삼촌은 뭐가 좋은지 하하 웃으며 경운기에 시동을 걸었습니다. 경운기 소리에 놀란 개구리 몇 마리가 수로로 퐁당 뛰어들었습니다. 진구는 길가에 앉아 수로에 헤엄치는 개구리를 부러운 듯 바라보았습니다.

'개구리야 너는 좋겠다. 너 하고 싶은 대로 뛰어다녀도 되고 떠들어도 되고... 나는 뛴다고 혼나고 떠든다고 혼나고. 오늘은 실수해서 또 혼나고...'

기분 탓인지 수로에 흐르는 물조차 검게 보였습니다. 진구는 일어나 혼자 휘파람을 불며 래퍼의 몸짓을 하며 느릿느릿 걸어갔습니다. 진구가 정말 화가 많이 나거나 우울할 때 하는 행동입니다. 어느 틈에 병석이가 뒤따라 왔습니다.

"진구야 기분 풀어. 네가 실수로 그런 거 알아. 수진이 고게 알면서도 너 혼내주려고 심술부린 거야."

"병석아, 너라도 믿어줘서 고맙다. 나, 정말 실수야 실수. 수진이는 내가 그렇게나 싫은가?"

진구는 화가 나서 돌멩이를 힘껏 찼습니다. 발가락이 심하게 아려 왔습니다. 병석이와 마을 뒷산 계곡에 가 물속에 발을 담갔습니다. 작은 물고기들이 사이좋게 줄지어 헤엄치는 것이 보였습니다. 화난 수진이 얼굴이 물결에 아른아른 흔들렸습니다.

'내일 가서 사과할까? 내가 왜... 모르겠다, 정말.'

수진이 생각으로 깊은 고민에 빠져 있는데 병석이가 나지막하게 말했습니다.

"진구야, 어제 본 그 이상한 뱀 말이야. 우리가 잘못 본 걸까?"

"그게... 구름처럼 사라지던데. 우리가 잘못 본 게 맞는 것 같아. 뱀이 공중에서 흩어져 사라질 리가 없잖아."

"그래, 그렇지. 우리가 잘못 본 걸 거야."

어느새 계곡 사이로 저녁노을이 덮여 왔습니다. 혼자 신이 나서 물장구를 치며 놀던 병석이가 시계를 보며 말했습니다.

"진구야, 이제 집에 가자. 너무 늦었어."

진구는 병석이와 헤어지고 난 후 느린 걸음으로 집에 왔습니다. 마당에 들어서니 심술이가 멍멍 짖어 댔습니다. 진구를 기다렸다는 듯 반가워 꼬리를 살랑 흔들며 애교를 부렸습니다. 그런데 진구는 심술이에게 애꿎게 화풀이를 했습니다.

"심술이, 너! 당장 저리 안 가! 보기 싫어!"

심술이가 당황해하며 끙끙거렸습니다. 심술이의 어릴 적 이름은 털이 많아서 복실이었습니다. 진구는 복실이를 수진이네 집에서 분양받아 데려온 후 안아주고 함께 잠도 자고 같이 뛰어놀며 사랑해주었습니다. 그러다가 복실이가 점점 자라 마당에 구덩이를 툭하면 파놓고, 진구의 신발을 틈만 나면 물어다 숨겨 두고, 진구가 좋아하는 계란을 낳아주는 닭을 못살게 굴면서 미워하기 시작했습니다. 그 이후 복실이의 이름이 심술이가 되었습니다.

진구가 거실로 들어가니 '야옹' 하며 얌체가 반겨 주었습니다. 그런데 진구는 얌체에게도 화를 벌컥 내었습니다.

"얌체, 너도 보기 싫어. 거실에서 당장 나가!"

얌체의 원래 이름은 귀요미였습니다. 귀요미도 자라면서 말썽을 많이 부렸습니다. 진구가 점심을 먹으려고 뚜껑을 열어 둔 참치 캔을 몰래 먹어 버리거나, 또 진구 책상에 올라가 연필을 툭하면 앞발로 톡톡 차 떨어뜨려 연필심을 다 부러뜨리거나, 지우개를 떼구루루 굴려 옷장 밑에 숨겨 버리곤 했습니다. 그래서 진구는 귀요미를 얌체라고 불렀습니다. 복실이와 귀요미에게 심술궂게 구는 진구를 보며 엄마가 부엌에서 말했습니다.

"진구야, 동물도 나쁜 이름, 좋은 이름을 안단다. 좋은 이름으로 불러주면 착하고 예쁘게 행동하지만, 나쁜 이름으로 부르면 나쁜 행동만 한단다. 동물은 주인을 닮아 간다고 하더라. 얼마나 귀엽고 예쁘니. 이제 귀요미, 복실이라고 제대로 불러줘. 알았지."

"몰라. 신경질 나게."

진구는 씩씩거리며 방문을 쾅 닫아버렸습니다.

'그 무서운 뱀을 보고 나서는 계속 재수가 없네. 학교에서 조금만 더 조심할 걸······.'

진구의 마음 한구석에 수진이를 향한 미안한 마음이 물결처럼 밀려왔습니다. 그러다가도 억울하다는 생각이 들어 다시 짜증이 났습니다. 진구는 의자에 앉아 울적한 기분을 달래려고 창밖을 내다보았습니다. 진구의 방은 바깥 풍경을 잘 볼 수 있게 낮고 큰 창문이 나 있습니다. 큰 창문으로 밤이면 맑은 별과 달이 찾아와 놀아주곤 했습니다. 그리고 논에서 들려오는 개구리 노랫소리도 아주 잘 들렸습니다. 오늘 밤 달빛을 타고 달려오는 개구리 노랫소리에 진구는 개구리들이 부럽다는 생각이 들었습니다.

'내가 개구리였다면 마음대로 소리 질러도 될 텐데. 나 억울해. 개굴개굴.'

'개굴개굴' 고의로 그런 것이 아니라고 소리치고 싶었습니다. 진구는 벌러덩 침대에 누워 천정을 바라보다 진심으로 개구리가 되었으면 좋겠다고 생각했습니다.

# 8. 진구, 정말 개구리가 되다

## "개굴개굴, 개굴개굴."

갑자기 개구리 울음소리가 스피커에서 나오는 소리처럼 크게 울렸습니다. 진구 방 안에서 들리는 소리였습니다.

'어디서 들리지?'

진구는 두 눈을 동그랗게 뜨고 두리번두리번 방 주위를 살펴보았습니다.

"아휴, 깜짝이야. 저게 뭐야?"

진구는 괴물을 본 듯 놀라 두 눈만 슴벅대며 뻣뻣이 굳었습니다. 어마어마하게 큰 개구리 한 마리가 노란 전등알 같은 커다란 황금색 눈을 껌벅이며 창틀에 떡하니 앉아있었습니다. 저렇게나 큰 개구리는 이제까지 본 적도 들은 적도 없었습니다.

'개구리의 왕이 나타난 걸까? 왜 나한테 나타났지?'

　개구리 왕은 한동안 꼼짝도 하지 않고 지긋이 진구를 바라보았습니다. 오랫동안 서로 알았던 것처럼 정겹고 사랑스러운 눈빛을 보냈습니다. 한참을 바라보던 개구리 왕이 갑자기 몸을 힘차게 솟구치며 펄쩍 뛰어올랐습니다. 체육 수업 시간에 본 이미진 선생님의 제자리멀리뛰기 모습과 똑 닮았습니다. 뛰어오른 개구리 왕의 황금 눈이 번쩍 빛났습니다. 잠시 후 방안에서는 아무 소리도 들리지 않았습니다. 진구는 눈이 너무 부셔 찔끔 감았던 눈을 살그머니 떠보았습니다. 개구리 왕은 연기처럼 사라지고 보이지 않았습니다.

'윙윙윙!'

방 안에 파리 한 마리가 이리저리 날아다녔습니다. 기분이 왠지 점점 좋아지는 게 느껴져 긴 혀를 날름 내밀어 순식간에 파리를 잡아 꿀꺽 삼켰습니다. 진구는 '아휴, 더러워.'하며 인상을 찌푸렸는데... 어, 치킨보다 더 맛난 맛이 났습니다.

'왱왱!'

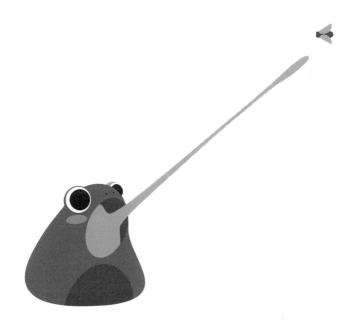

모기 한 마리가 요리조리 날아다녔습니다. 갈색 피부, 아름답게 움직이는 더듬이! 먹으면 과일즙 맛과 달콤한 꿀맛이 날 것 같았습니다. 순식간에 또 혀를 날름 내밀어 잡아먹었습니다.

'아휴, 하수구에 사는 더러운 모기. 그런데 어쩌면 이렇게나 맛있나!'

"맛있는 파리♪ 달콤한 모기♪ 한 마리만 더, 두 마리만 더. 계속 더, 더, 더 조금만 더 먹고 싶어♬."

절로 흥겨운 노래가 흥얼흥얼 흘러나왔습니다.

그때 문밖에서 엄마가 불렀습니다.

"진구야, 간식 먹게 거실로 나와."

진구는 네! 하고 대답했습니다. 그런데,

"개굴개굴"

진구는 화들짝 놀라서 한 번 더 '네!'라고 말해 보았습니다. 또

'개굴개굴' 개구리 울음소리만 나왔습니다. 진구는 이상한 느낌에 손을 들어 보았습니다. 개구리 앞 발가락 네 개가 보였습니다. 폴짝폴짝 뛰어 거울에 자기 모습을 비춰 보았습니다. 황색을 띤 갈색의 개구리 한 마리가 떡하니 서 있었습니다. 진구는 도저히 믿을 수가 없었습니다.

'내가 개구리가 된 거야. 사람이 어떻게 개구리로 변할 수가 있어?'

진구는 멍하니 서 있었습니다. 엄마가 방으로 오는 발걸음 소리가 들렸습니다.

'안 돼!'

진구는 엄마가 진구의 변한 모습을 보면 놀라 기절할까 봐 창밖으로 잽싸게 달아났습니다. 하필 창밖에 졸고 있는 얌체 머리 위에 뚝 떨어졌습니다. 얌체가 놀라 '야옹!' 하며 펄쩍 뛰었습니다. 진구는 얌체에게 미안하다는 말도 안 하고 고함만 내질렀습니다.

"개굴개굴(얌체 너 저리 가.)"

노란 털을 휘날리며 화난 얌체가 어슬렁어슬렁 사자같이 다가 왔습니다. 그러더니 앞발로 툭툭 찼습니다. 다행히 잡아먹을 생각은 없어 보였습니다. 그런데 갑자기 얌체가 이상한 행동을 했습니다. 고개를 갸웃하며 뒤로 물러서더니 꼼짝도 않고 뚫어져라 쳐다보고만 있었습니다. 조금 뒤 '야옹야옹' 하며 얌체는 개구리로 변한 진구를 알아본 표정을 지었습니다. 진구는 얌체를 피해서 서둘러 폴짝폴짝 마당으로 뛰어나갔습니다.

"멍멍멍"

이번에는 심술이가 개구리를 보고 짖었습니다. 그러더니 '끙끙' 소리를 내며 땅바닥에 바싹 주저앉아 개구리가 된 진구를 얌체처럼 뚫어져라 쳐다보았습니다. 심술이도 개구리로 변한 진구를 알아본 것 같았습니다. 진구는 마당을 빠르게 지나 집 앞에 있는 논으로 무작정 뛰어들었습니다.

"첨벙"

낯선 개구리 한 마리가 논으로 허둥지둥 뛰어들자 논에서 놀고 있던 개구리들이 놀라 조용해졌습니다. 잠시 후 개구리들이 누군가 싶어 한 마리 두 마리, 점점 많이 진구 주위로 모여들었습니다. 진구를 빤히 쳐다보며 고개를 갸웃하던 작고 예쁜 초록 개구리 한 마리가 폴짝 뛰어와서 물었습니다.

"개구리 나라의 왕자님 아니세요?"

진구는 황당해서 개굴개굴 웃었습니다.

"내가 개구리 왕자라고? 말도 안 돼. 그리고 개구리 나라가 세상에 어딨어! 여기는 개구리 나라가 아니고 개구리 마을이라고, 알았어!"

진구가 화를 내자 초록 개구리와 주위에 모인 개구리들이 개굴개굴 슬프게 울었습니다. 초록 개구리는 진구에게 알았다며 고개를 끄덕였습니다. 진구는 영원히 개구리가 되어버릴 것 같은 두려움에 초록 개구리에게 괜스레 화를 낸 것이었습니다.

'이러다가 영원히 개구리로 살아야 하는 거 아냐……'

# 9. 개구리 왕자와 강철이가 모습을 나타내다

　논둑 한쪽 구석에 쪼그려 앉은 진구는 개굴개굴 슬프게 울며 친구들을 생각했습니다. 늘 우울한 표정으로 고개를 푹 숙이며 학교에 다니는 인수가 떠올랐습니다. 인수는 작년 아랫마을에 이사를 온 옆 반 친구입니다. 인수 엄마는 필리핀 사람인데 마을 허드렛일을 도우며 근근이 살아갔습니다. 인수는 다른 아이들과 잘 어울려 놀지도 않고 말도 잘하지 않는 친구였습니다. 그리고 축구 경기를 할 때면 자주 따돌림도 당했습니다. 진구는 진심으로 인수에게 미안한 마음이 들었습니다. 또 늘 골키퍼만 하는 진욱이도 생각났습니다. 공격수를 한 번만 해보자며 애처롭게 사정하던 모습이 떠올랐습니다. 그리고 병석이도, 수진이도. 논에 비친 보름달에 부모님, 이미진 선생님 얼굴도 차례로 보였습니다. 진구는 집에, 학교에, 아주 많이 가고 싶어졌습니다. 심술이와 얌체까지도 보고 싶어졌습니다.

'개구리가 파리와 모기를 좋아하는 것처럼 심술이도 신발을 물고 다니고 또 땅을 파는 것을 좋아하는 것은 당연한데...'

'고양이가 참치를 좋아하는 것도 물건을 가지고 노는 것도 당연한데...'

여러 가지 생각에 깊이 빠져있는데 어디선가 스르륵스르륵 움직이는 소리가 들려왔습니다. 큰 뱀을 보았던 그때처럼 논에 벼들이 구불구불 흔들렸습니다. '쿵쾅, 쏴' 난데없이 맑은 하늘에 검은 구름이 모여들더니 천둥이 치고 검은 비가 내리기 시작했습니다. 진구는 온몸에 소름이 돋았습니다. 본능적으로 빨리 피해야 한다는 느낌이 들었지만 몸이 말을 듣지 않았습니다. 초록 개구리가 떨리는 목소리로 다급하게 소리를 질렀습니다.

"강철이다. 악마가 나타났다. 왕자님, 피하세요! 모두 빨리 피해요!"

개구리들은 사방으로 흩어지며 허겁지겁 도망갔습니다. 첨벙거리는 물소리가 논에 가득 울렸습니다. 흔들리는 벼 사이로 검은색의 크고 긴 물체가 파도처럼 쉬지 않고 다가왔습니다. 거대한 삼각 머리와 검은 눈. 지난번에 병석이와 같이 본 바로 그 뱀이 또 나타났습니다. 시끌시끌하던 논에 소리가 뚝 끊겼습니다. 진구를 향해 뱀이 날카로운 송곳니를 드러내며 혀를 날름거렸습니다. 쩝쩝! 입맛을 다시는 듯 보였습니다. 어디 숨어 있다가 나타났는지 가짜 방과 후 선생님과 우파루파도 보였습니다. 그들은 히죽히죽 웃어대며 강철이를 향해 자랑스럽게 말했습니다.

"강철이 님, 바로 저 녀석이 개구리 왕자입니다. 제가 그동안 몰래 숨어 따라다니며 지켜보았습니다. 바로 저 녀석이 개구리 왕자가 틀림없습니다."

"수고했다. 상은 저 녀석을 죽인 후 내려주지. 너희들은 뒤로 물러 서 있어. 사사! 사사!"

진구는 눈앞이 캄캄해져 왔습니다. 너무 겁이 나 두 눈을 꼭 감았습니다.

'이렇게 이제 죽는 거야. 엄마 아빠도 못 보고, 친구들도 못 만나고……'

눈을 감은 채 그 자리에 뻣뻣이 얼어붙은 진구를 강철이가 공격하려는 바로 그 순간이었습니다. 수진이가 눈을 뜨라고 소리지르며 급하게 달려오는 소리가 들렸습니다. 진구는 순간 생각했습니다.

'수진이를 지켜야 해.'

진구는 정신을 차리고 두 눈을 번쩍 떴습니다. 진구의 두 눈에서 갑자기 황금빛이 쏟아져 나오면서 몸이 저절로 점점 더 점점 더 풍선처럼 부풀어 오르기 시작했습니다. 순식간에 강철이와 맞먹는 크기의 개구리가 되었습니다. 진구는 온몸에서 기운이 솟아나고 뼈마디가 굵어지고 몸이 강철처럼 단단해지는 것을 느꼈습니다. 그것을 본 강철이가 움찔 놀라며 경계하는 듯 뒤로 물러섰습니다.

"네가 정말 개구리 왕자가 맞았군. 그 모습, 아주 마음에 들어. 그런데 말이야 네가 아무리 커져 봐야 내겐 조금도 위협이 되지 않아. 맛있는 먹이로 보일 뿐이지. 사사! 사사!"

강철이가 사악한 웃음소리를 내뱉었습니다. 검은 비가 세차게 내리는 가운데 강철이는 느긋이 똬리를 틀고 머리를 곧추세웠습니다. 다시 입을 크게 벌리고 날카로운 송곳니로 진구를 공격했습니다. 진구는 수진이에게 지기 싫어서 밤마다 몰래 연습한 공중 모둠 옆차기로 공격을 피하면서 강철이의 삼각 머리를 세게 찼습니다. 강철이는 충격으로 잠시 옆으로 휘청거렸지만 금세 다시 일어나며 웃었습니다.

"생각보다 너무 약하군, 그래. 사사! 사사!"

진구가 몇 차례 이어지는 강철이의 공격을 정신없이 피하고 있을 때 어느새 개구리 전사로 변한 수진이가 강철이의 가슴에 공중 모둠발 돌려차기를 먹였습니다. 화가 난 강철이가 커다란 입을 딱 벌리고 수진이를 먼저 잡아먹으려고 했습니다. '팍!' 진구가 강철이의 눈 부위를 공격해 주의를 돌렸습니다. 수진이가 땅에 내려서자 가짜 방과 후 선생님도 개구리 전사로 변해 있었습니다. 가짜 방과 후 선생님의 진짜 정체는 개구리 나라를 배신한 개구리 전사였습니다. 가짜 방과 후 선생님과 우파루파가 수진이를 쉴 없이 공격했습니다. 강철이는 잔뜩 약이 올라 똬리를 단단히 틀고 진구를 세차게 공격했습니다. 진구는 겁이 덜컥 났습니다.

'도대체 이 괴물은 뭐야. 아무리 공격해도 작은 상처 하나 입지 않잖아.'

진구는 강철이의 주위를 뱅글뱅글 돌다가 앞뒤로 몇 번을 재빠르게 움직이며 빈틈을 노렸습니다. 그러나 강철이는 조금의 빈틈도 주지 않고 비웃듯 말했습니다.

"이게 정말 너희가 할 수 있는 최대야? 이거 너무 쉽잖아."

강철이가 빠르게 똬리를 풀며 온몸으로 진구와 수진이를 동시에 공격했습니다. 그것을 본 진구가 수진이를 꼭 감싸 안았습니다. 강철이의 공격은 너무나도 강했습니다. 충격으로 진구와 수진이는 낙엽처럼 땅바닥에 나뒹굴었습니다. 힘이 빠진 진구와 수진이의 몸이 점차 작아졌습니다. 진구는 너무 두렵고 분해서 하늘을 향해 크게 소리를 질렀습니다.

## "개 굴 개 굴"

그때였습니다. 거대한 황금 불빛이 공중에서 번쩍였습니다. 진구 방에 나타났었던 개구리 왕이었습니다. 강철이는 눈이 부신지 머리를 획 돌렸습니다. 그 사이를 이용하여 개구리 왕은 진구와 수진이를 등에 태우고 힘껏 도망쳤습니다. 개구리 왕은 마을 입구 개구리 왕 석상에 도착한 후 따라오는 강철이를 향해 말했습니다.

"곧 다시 보게 될 거야. 그땐 반드시 너를 영원히 감옥에 가두고 말 테다."

강철이가 빠른 속도로 따라오며 비웃었습니다.

"겁쟁이 같은 녀석. 개구리 마을을 내가 다 차지하기 전에 돌아와야 할 거다. 사사! 사사!"

번쩍! 개구리 왕과 진구, 수진이는 개구리 왕 석상에서 나오는 불빛 속으로 사라졌습니다.

# 10. 강철이의 궁궁이

    쓰러져 정신을 잃었던 진구가 눈을 떠보니 낯선 침대에 누워 있었습니다. 침대 옆에는 수진이가 엎드려 있었습니다. 강철이의 강한 공격이 진구의 몸에 큰 상처를 입혀 수진이가 몇 날 며칠을 뜬 눈으로 간호했습니다. 수진이는 강철이가 공격하는 순간 진구가 감싸주어 상처를 입지 않았습니다. 수진이는 진구가 정말 고마웠습니다. 이미진 선생님은 진구에게 수진이의 정성 어린 간호로 빨리 회복되었다고 말해주었습니다.

"수진아, 여기가 어디야?"

"네가 없다고 말했던 개구리 나라야. 이제 개구리 나라가 있다는 걸 믿겠니?"

    수진이는 진구가 깨어나 기쁘면서도 마음을 감추려 쏘아붙였습니다. 이미진 선생님이 돌아보며 수진이를 나무랐습니다.

"내 동생 수진아, 여기는 개구리 나라야. 왕자님께 예를 갖춰서 말해야지!"

수진이는 자기 머리를 쥐어박으며 '왕자님 죄송해요.'라고 말하고 얼굴이 빨개졌습니다. 진구는 이제야 이미진 선생님과 수진이가 닮은 이유를 알았습니다. 진구가 이미진 선생님에게 물었습니다.

"선생님, 도대체 이 모든 일이 어떻게 해서 생긴 거예요?"

진구만 바라보며 조용히 앉아 있던 개구리 왕이 일어섰습니다.

"내가 이야기를 하마. 개구리 나라는 천 년에 한 번 하루 종일 캄캄한 밤이 된단다. 그날이면 큐브 감옥을 제외한 개구리 나라의 모든 움직이는 기계는 멈춰버린단다. 기계를 다루는 개구리들도 그날은 하루 종일 잠만 자지. 두 달 전이 천년이 되는 날이었다. 그날 큰 문제가 생겨버렸어. 영원히 쉬지 않고 움직이며 감옥의 위치를 바꾸어 주는 큐브 감옥이 함께 멈춰서 버린 거야. 나는 서둘러 왕국 모든 경비병을 동원해 큐브 감옥을 지키게 했지. 한 명의 죄수도 탈출하지 못하게. 그러나 그날 단 한 건의 탈출은 막지 못하고 말았어... 가장 사악한 죄수인 강철이가 감옥에서 연기처럼 사라져 버렸단다."

개구리 왕은 힘이 드는지 한숨을 내쉬며 말을 이었습니다.

"그런데 지금 그 강철이가 나타났다. 감옥에서 탈출한 강철이가 또다시 개구리 마을을 차지하려는 이유가 뭔지 아니? 그것은 천 년 만에 세상에 나와 보니 세상이 너무 오염되어 살 곳이 없어졌기 때문이다. 소식에 의하면 세상에 숨어 수행하고 있던 이무기들도 바다, 강, 호수 할 것 없이 더러워져 수행을 중단하고 세상 곳곳에 나타나고 있다고 한다. 만약 화가 난 이무기들이 모두 한 곳에 모인다면 사람은 세상에서 사라져 버릴 거다. 강철이는 개구리 마을과 개구리 나라를 정복해서 다른 이무기들이 수행할 수 있도록 도와주려고 하고 있다. 수행을 마친 이무기가 용이 되면 그들을 지배하여 땅과 하늘을 모두 자기 것으로 만들 속셈인 것이지. 그런데 그 계획의 가장 큰 걸림돌이 개구리 나라다. 세상이 열리는 날 개구리 왕은 하늘 왕으로부터 세상을 깨끗하게 지켜야 한다는 임무를 부여받았다. 그리고 개구리 나라의 왕이 될 자에게는 하늘 왕이 강한 능력을 내려 주었지. 이 사실을 알고 있는 강철이는 나와 다음 개구리 왕이 될 너, 개구리 왕자를 죽이려고 하고 있다. 빨리 강철이를 잡아야만 하는데... 미안하구나, 왕자. 나는 강철이를 잡을 힘이 이젠 없단다. 옛날 강철이에게 입은 상처가 아직도 몸속에 크게 남아 있기 때문이다."

진구는 개구리 왕의 이야기를 들을수록 걱정만 커져갔습니다. 앞으로 무엇을 어떻게 해야 하는지? 강철이를 이길 능력이 자신에게 진짜 있는 것인지?

진구의 마음을 읽은 개구리 왕이 말했습니다.

"하늘이 선택한 개구리 왕자여! 지금 우리에겐 시간이 없다. 반드시 바깥세상으로 나간 강철이를 잡아 와야만 한다. 왕자에게 줄 것이 있으니 따라서 오너라."

개구리 왕은 진구를 데리고 왕국에 숨겨진 큰 철문 앞으로 갔습니다. 철문이 자동문처럼 스르륵 열리자 지하로 내려가는 긴 계단이 보였습니다. 긴 계단을 내려간 후 길을 따라 한참을 걸으니 보랏빛으로 가득한 동굴이 나타났습니다. 개구리 왕과 진구는 이상한 모양의 종유석이 가득한 동굴 속을 또 걸었습니다. 동굴 끝에 다다르니 개구리 모양의 둥글고 하얀 큰 바위가 보였고 제단 같이 보이는 그 바위 위에는 여러 가지 빛을 뿜어내는 작은 유리병 하나가 놓여 있었습니다. 개구리 왕이 근엄하게 말했습니다.

"왕자, 저 유리병을 가지고 오너라."

진구는 개구리 왕의 명령에 따라 바위 위로 올라가 유리병을 집어 들었습니다. 진구의 손이 닿자 병 속 무지개가 꿈틀거리며 살아 있는 듯 움직이기 시작했습니다. 유리병 속 무지개는 주인의 자격이 없으면 조금도 움직이지 않는데 뱀처럼 서서 까딱까딱 인사를 하는 것이었습니다. 유리병을 들고 돌아오는 진구를 보며 개구리 왕이 흐뭇한 미소를 지었습니다. 동굴을 돌아 나오는 동안 개구리 왕은 무지개 끈 사용법을 알려주었습니다. 진구는 한마디도 놓치지 않고 기억하려고 귀를 기울였습니다.

"유리병 속에 있는 것은 무지개 끈이란다. 한 번 묶으면 주인의 명령이 있을 때까지 절대로 풀리지 않는 끈이지. 그러나 딱 한 번만 사용할 수 있단다. 강철이가 결투 중 지친다면 힘을 회복하려고 붉은 구슬을 토해내어 빛을 흡수하려고 할 거다. 그 순간을 놓치지 말고 유리병을 열어 무지개 끈을 놓아주어라. 천 년이 지나 더 강해진 강철이는 그때가 아니면 무지개 끈도 아무 소용이 없단다. 붉은 구슬을 토해내는 바로! 그 순간을 놓치지 말아야 한다, 왕자."

왕국으로 돌아온 후 개구리 왕은 깜짝 놀랄 말을 했습니다.

"너희들은 이제 왕자와 함께 개구리 마을로 돌아가거라. 우파루파를 데리고 다니는 자를 빨리 찾아라. 그는 개구리 나라의 전사이면서도 큐브 감옥에 있던 강철이를 풀어 준 자다. 그를 감시하면 강철이가 어디에 있는지 알 수 있을 거다."

새벽에 개구리 마을로 돌아왔습니다. 이른 시간이라 마을에는 한 사람도 보이지 않았습니다. 진구는 몸이 아직 불편해 우선 집으로 돌아가 쉬어야겠다고 생각했습니다. 사람으로 돌아가는 방법은 개구리 왕에게 배웠습니다. 진구의 눈이 황금빛으로 두 번 번쩍이자 사람으로 돌아왔습니다. 늦잠을 자고 일어나 거실로 갔습니다. 아빠와 엄마가 뉴스를 보며 근심스러운 표정으로 말했습니다.

"진구야, 뉴스를 보니 세상이 점점 사람이 살 곳이 못 되어 가는구나."

진구도 거실에 앉아 부모님과 함께 뉴스를 보았습니다. 뉴스에서는 사하라 사막에 눈이 내리고, 알래스카 빙하가 녹아 지구의 수면이 점점 높아져 생태계가 파괴되어 가고 있고, 태평양에 프랑스의 세배나 되는 크기의 쓰레기 섬이 생겼다고 말했습니다. 쓰레기로 바다코끼리, 바다거북이, 민물고기 등 바다와 강의 모든 생명체가 오염되어 죽어 가고 있고, 사람들이 먹는 음식에도 미세 플라스틱이 들어 있어 사람의 생명마저도 위협한다고 전했습니다. 아빠가 심각한 표정으로 말했습니다.

"다 사람들이 스스로 지은 이기심과 죄 때문이야. 지금이라도 정신을 차려야 할 텐데."

진구는 강철이와 화난 이무기들을 떠올렸습니다.

# 11. 나타나지 않는 강철이

며칠 동안이나 이미진 선생님, 수진이와 함께 개구리 마을의 강과 산, 호수, 동굴 구석구석을 뒤져봤지만 가짜 방과 후 선생님과 우파루파의 흔적은 보이지 않았습니다. 텔레비전에서는 계속 지구 곳곳에서 화산이 다시 분출하고 지진과 해일로 많은 사람이 죽어 가고 있다는 뉴스가 날마다 보도되었습니다. 그러던 어느 날 진구의 머릿속에 강철이의 말이 들렸습니다.

'세상을 좀 더 오염시키고 곧 개구리 마을로 돌아가겠다. 기다리고 있어라. 사사! 사사!'

진구는 강철이가 나타나기를 기다리며 매일 무지개 끈이 담긴 유리병을 가방에 넣고 학교에 다녔습니다. 아침에 마을 회관 앞을 지나가는데 엉터리 예보관 별명을 가진 석민이 할아버지가 진구에게 말했습니다.

"세상에 검은 홍수가 밀려올 거야. 이제 마지막이 될지도 몰라.

모든 준비를 해야 할 거야."

"할아버지, 말씀이 맞아요. 이제 정말 준비해야겠죠."

진구는 부모님과 함께 저녁 식사를 하면서도 주의 깊게 뉴스를 보았습니다. 강철이가 세상을 얼마나 오염시키며 어디에 숨어 있는지, 언제 나타날지 알아야 했습니다.

**[속보] 세계 곳곳과 서울에 이상 감염병 환자가 대규모로 발생**

화면에 붉은 글씨가 계속 깜박였습니다. 긴급 뉴스를 보도하는 남자 아나운서와 여자 아나운서가 잔뜩 긴장한 표정으로 방송을 했습니다.

"사람들이 만든 재앙일까요? 신이 내린 벌일까요? 세계 여러 지역과 서울에서 원인 모를 감염병이 번지고 있고 지구 곳곳엔 이상한 비가 내렸습니다. 인도 케릴라 지역에 핏빛 같은 붉은 비가 내렸고 중국 항저우의 위농첸 마을에는 종말이 온 듯 도시를 새까맣게 뒤덮은 검은 비가 내렸습니다. '저주가 내린 것이다, 외계에서 온 물질이 비로 내린 것이다, 지구 환경 파괴로 인한 것이다'라는 갖가지 주장에 많은 사람들이 두려움에 떨고 있습니다."

9시 뉴스에서는 이상 감염병의 원인을 찾기 위해 많은 과학자가 추적조사를 하고 있으며 감염병의 치료약을 만드는 데는 오랜 시간이 걸릴지도 모른다고 전했습니다. 진구는 자신도 모르게 몸이 부들부들 떨리는 것을 느꼈습니다. 다음 날 학교에 가는 내내 뉴스를 되새겨 보며 강철이를 생각했습니다. 진구가 넋이 빠진 듯 걸어가는데 뒤에서 누가 살금살금 다가왔습니다. 진구는 고개를 획 돌리며 꽥 소리를 질렀습니다.

"김병석!"

병석이가 깜짝 놀라며 실망한 표정을 지었습니다. 진구를 놀래 주려고 발소리를 죽이며 걸어왔는데 알아채 버렸기 때문입니다. 진구는 시간이 흐를수록 몸의 감각과 근육이 엄청나게 발달하고 있음을 느꼈습니다. 특히 청각과 근육은 살아 움직이는 듯 매일매일 발달했습니다. 병석이가 뭔가 아는 듯이 말했습니다.

"너 요즘 많이 달라져 보인다. 말로 하기는 힘들지만 아무튼 엄청 달라졌어. 몸도 달라진 것 같고 반 아이들에게도 친절하게 대하고 말이야. 갑자기 바뀌면 죽는다고 하더라. 원래대로 해라, 원래대로."

진구는 히죽 웃으며 학교나 빨리 가자고 말을 돌렸습니다. 아무 것도 모르고 밝게 웃는 병석이가 진구는 오히려 좋았습니다. 수업을 마친 후 선생님이 진구와 수진이에게 교실에 남아 있으라고 했습니다. 반 아이들은 '너희들 큰일 났다.'라는 표정을 지으며 집으로 돌아갔습니다. 잠시 뒤 이미진 선생님은 망설이며 조심스럽게 말했습니다.

"왕자님, 학교에서는 그냥 진구라고 부르는 게 좋겠지요? 누군가 지나가다가 들을 수도 있으니까요."

진구는 활짝 웃으며 고개를 끄덕였습니다. 수진이도 따라서 어색하게 웃었습니다. 이미진 선생님은 진구에게 개구리 나라로 지금 가야 한다면서 수진이에게는 마을을 잘 살펴보다가 우파루파와 가짜 방과 후 선생님이 나타나면 개구리 나라로 빨리 알리라고 말했습니다. 개구리 나라로 들어간 이미진 선생님과 진구는 입을 다물지 못했습니다. 왕국의 꽃이 시들어 가고 왕국의 기둥마다 밑동이 검게 변해있었습니다. 진구는 왜 이렇게 되었는지 짐작할 수 있었습니다. 강철이의 힘이 점점 더 강해지고 있는 것입니다. 왕국 안으로 들어서니 개구리 왕과 신하들이 부산하게 대책을 의논하고 있었습니다. 진구를 본 개구리 왕이 이미진 선생님에게 말했습니다.

"훈련장이 완성됐다. 왕자를 훈련장으로 데리고 가거라. 경비대
장은 빠른 시간에 내가 미리 알려 준 대로 왕자를 잘 훈련시켜야
한다."

"네, 왕이시여!"

# 12. 개구리 왕자 훈련을 받다

진구는 이미진 선생님이 경비대장에 정말 잘 어울린다고 생각하며 킥킥 웃었습니다. 경비대장의 눈동자가 매섭게 빛났습니다. 진구는 웃음을 뚝 멈추고 경비대장을 따라 왕국의 깊숙한 비밀 훈련장으로 갔습니다.

"세상에 왕국 지하에 이렇게나 큰 공간이 있었어요. 축구 경기장보다 다섯 배는 크겠는걸요."

"이곳은 강철이와의 전투 경험을 기록한 책을 바탕으로 왕자님을 훈련시키기 위해 만들어진 공간입니다. 왕자님은 짧은 시간에 준비된 모든 훈련을 끝낼 수 있는 능력을 가지고 있습니다. 훈련을 통해 왕자님의 진정한 능력을 깨달아야 합니다. 그래야만 숨겨진 능력이 나타납니다. 강철이에 관한 지난 기록을 살펴보니 지금 강철이가 가장 강하다는 생각이 들었습니다. 시간이 흐를수록 강해지는 것 같습니다. 왕자님, 훈련이 아무리 위험하고 힘이 들어도 꼭 이겨 내셔야 합니다."

이미진 선생님과 진구는 훈련에 관한 이야기를 나누며 훈련장 한가운데로 걸음을 옮겼습니다. 이미진 선생님, 아니 경비대장은 네 가지 훈련 과정을 하나하나 자세히 설명해 주었습니다.

## [감각 훈련]
### 눈을 감고 사방에서 날아오는 물체를 빠르게 피하는 훈련

강철이의 꼬리는 바위도 뚫을 수 있는 날카로운 창과 같다. 원을 그리거나 좌우로 흔들면서 공격을 해오기 때문에 어느 방향에서 어느 순간에 공격할지 눈으로 보아서는 예측이 불가능하다. 눈으로 보고 움직이면 늦어 큰 상처를 입고 만다. 눈을 감은 채 바람이 바뀌는 방향을 느끼고 움직이는 미세한 소리도 들을 수 있는 훈련이다.

## [시각 훈련]
### 1초에 여덟 개 모습으로 나타났다 사라지기를 반복하는 강철이를 볼 수 있는 훈련

강철이는 빠른 회전으로 자신의 몸을 여덟 개 모습으로 만든다. 1초마다 나타났다 사라지기를 반복한다. 여덟 개 모습이 빙글빙글 돌면서 움직이기 때문에 진짜와 가짜를 구분할 수 없다.

여덟 개 모습을 따라 눈동자를 움직이면 어지러움을 느낀다. 그리고 환상에 빠지게 된다. 어떤 모습과 움직임에도 겁먹거나 유혹되지 않고 진짜 강철이를 구분해 내는 훈련이다.

## [변신 훈련]
### 빠른 속도로 거대한 개구리 왕자로 변하는 훈련

강철이가 공격을 시작하기 전에 빠르게 개구리 왕자로 변하여 몸의 힘과 근육, 전투 속도를 향상하는 훈련이다.

## [전투 훈련]
### 가상현실에 나타나는 강철이의 약점을 공격하는 훈련.
### 단 가상이지만 실제와 똑같은 충격과 상처를 입을 수 있다.

감각 훈련, 시각 훈련, 변신 훈련을 마치고 하는 종합 훈련. 강철이는 머리와 가슴이 약하다. 단단한 피부와 몸의 미끄러운 액체 때문에 다른 부위는 공격해도 충격을 받지 않는다. 그리고 빠르게 움직이기 때문에 약한 부위를 찾아 공격하는 것은 매우 어렵다. 강철이가 움직이는 속도보다 더 빠르게 움직여 머리와 가슴을 공격하는 훈련을 반복한다.

어느새 훈련장 밖으로 사라진 경비대장의 목소리가 멀리서 들려왔습니다.

"왕자님, 이제 정말 훈련을 시작합니다. 다시 말씀드리지만 정말 조심하셔야 합니다."

진구는 넓은 훈련장을 구석구석 살펴보며 생각했습니다.

'이렇게 넓은 공간에서 어디서 무엇이 나타날지 내가 알 수 있을까... 내가 훈련을 이겨내지 못하면 어떻게 될까... 아니야! 두려워하면 아무것도 할 수 없어. 용기를 내자.'

진구는 팔에 힘을 주고 주먹을 꽉 쥐었습니다. 훈련은 진구의 생각보다도 몇 배나 더 어려웠습니다. 훈련이 거듭될수록 진구의 몸은 상처투성이가 되어갔습니다. 그럴수록 진구는 오기가 생겨 반드시 해내고야 말겠다고 다짐했습니다. 훈련이 다음 단계로 넘어갈수록 알 수 없는 힘이 샘솟았습니다. 점점 피부가 강해지고 뼈가 강철처럼 변했습니다. 훈련은 반복되고 또 반복되었습니다. 몸이 훈련에 익숙해질 무렵 진구는 가상의 강철이 머리와 가슴을 연속적으로 공격하여 쓰러뜨린 후 그만 자신도 쓰러지고 말았습니다. 쓰러지는 순간 경비대장이 놀라 소리치는 목소리가 희미하게 들려왔습니다.

"왕자님 몸이... 왕자님 몸이... 황금빛으로 완전히 변했어요."

침대에서 힘겹게 눈을 떠보니 개구리 왕이 몸에 난 상처에 약을 발라주며 흐뭇한 미소를 짓고 있었습니다. 자신은 지금까지 한 번도 몸이 완전하게 황금빛으로 변해 본 적이 없었다고, 그것은 가장 강해졌을 때 나타나는 현상이라며 놀라워했습니다. 이미진 선생님도 눈물을 글썽이며 자랑스러워했습니다. 진구는 걱정해 주는 개구리 왕과 이미진 선생님에게서 따스한 마음을 느낄 수 있었습니다. 진구는 아무렇지 않은 척 장난스럽게 말했습니다.

"별로 어렵지 않던데요. 칼날이 날아오고 어지럽고 갑자기 몸이 커지고 두들겨 맞는 정도. 태어나서 이런 경험은 처음입니다. 하하하!"

개구리 왕과 이미진 선생님도 따라서 웃었습니다. 개구리 왕은 진구가 훈련받는 동안 계속 강철이가 있을 만한 장소를 찾아보았다고 말했습니다. 하지만 강철이가 너무 빨리 세상 곳곳을 옮겨 다니며 오염시키고 있어 어디에 있는지 도무지 추적할 수가 없었다고 말했습니다. 개구리 왕은 하루라도 빨리 강철이를 잡아 큐브 감옥에 가두기 위해서 마지막 한 가지 방법을 준비해 두었다고 말했습니다. 그것은 누구도 생각해내지 못한 방법이었습니다.

# 13. 개구리 왕자 대 강철이

"왕자, 나는 개구리 나라와 개구리 마을에 있는 많은 강과 호수에 세상 오염 때문에 수행을 못 하고 깨어난 이무기들을 살게 해 주려고 한다. 화가 나 있는 이무기들도 깨끗한 이곳에서 수행만 할 수 있다면 강철이의 말을 굳이 따르지 않을 것이다. 벌써 몇몇 이무기는 수행만 할 수 있다면 개구리 나라와 개구리 마을을 지켜주겠다는 약속도 했다. 그들이 많이만 와 준다면 세상에서 일어나는 지진, 화산 분출, 검고 붉은 비 같은 재앙도 줄어들 것이다. 지금쯤이면 강철이도 이 소식을 들었을 거다. 아마 다른 이무기들이 이곳으로 옮겨 오기 전에 나와 왕자를 죽이려고 쉬지 않고 날아오고 있을 거다. 왕자, 이제 개구리 나라는 한동안 누구나 출입할 수 있게 열리게 된다. 강철이를 만나면 개구리 나라에서 결투를 벌이도록 유인해라. 마을에 피해가 가지 않도록."

진구는 고개를 끄덕이며 개구리 왕이 내린 결정이 놀랍다고 생각했습니다. 어려운 결정을 해야만 하는 왕은 참 힘든 것이구나 하는 생각도 했습니다. 개구리 병사가 헐레벌떡 뛰어왔습니다.

"왕이시여, 개구리 마을에 우파루파를 데리고 다니는 사람이 나타났다는 연락이 왔습니다. 그런데 좀 이상하다고 합니다. 마을 입구에 서서 자기를 잡아가라며 고래고래 고함을 질러 대고 있다고 합니다."

진구와 개구리 왕, 이미진 선생님은 급히 개구리 마을로 갔습니다. 수진이가 가짜 방과 후 선생님과 우파루파를 경계하며 서 있었습니다. 진구와 개구리 왕을 본 가짜 방과 후 선생님과 우파루파가 킥킥 웃었습니다.

"한참을 기다렸잖아. 너무 느긋한 거 아니야? 이제라도 왔으니 강철이 님이 전해 주라는 말을 전하겠다. 내일 개구리 나라로 갈 테니 잡아먹힐 준비나 해두라고 하시더라. 잘 들었어? 이제 나는 큐브 감옥에서 휴식을 취할 거다. 빨리 큐브 감옥으로 가자."

강철이의 말을 전한 가짜 방과 후 선생님과 우파루파는 뻔뻔하게도 큐브 감옥으로 빨리 가자며 고함쳤습니다. 너무 기가 막혀 말이 나오지 않았습니다. 진구가 당당하게 웃으면서 말했습니다.

"그래, 내일 누가 이길지는 보면 알 거다. 큐브 감옥에 영원히 갇혀 살게 해 주지."

진구는 개구리 왕이 가짜 방과 후 선생님과 우파루파를 묶어 개구리 나라로 돌아갈 때 개구리 왕에게 다가가 살며시 속삭였습니다.

"내일 제가 강철이를 광장으로 유인해 가겠습니다. 무지개 끈이 담긴 이 유리병을 미리 광장 분수에 있는 녹색 돌 아래에 잘 숨겨주십시오. 내일 강철이가 붉은 구슬을 토해낼 때 사용하겠습니다."

시간은 빠르게 흘러 어느덧 개구리 마을 동쪽이 환하게 밝아왔습니다. 진구는 어제부터 꼼짝도 하지 않고 앉아 강철이를 기다렸습니다. 어떻게 결투를 해야 할지 꼼꼼히 생각하고 계획하며 준비했습니다. 동쪽 하늘 붉은 구름 사이로 거대한 뱀이 날아오는 것이 보였습니다. 강철이가 나타났습니다.

"기다리느라 수고 많았다, 개구리 왕자. 오늘 너와 나 둘 중 하나는 이 세상에서 사라지겠지. 너무 기대되는구나. 사사! 사사!"

"악한 이무기, 강철이! 결투 장소는 개구리 나라로 하자. 옛날 개구리 왕과 결투를 해서 네가 졌던 바로 그곳 말이야."

"마음대로 해라. 그곳에서 너와 개구리 왕을 모두 잡아먹어 주마."

　넓은 개구리 나라 광장에는 개구리 왕 이외에 아무도 보이지 않았습니다. 어제 개구리 왕이 백성에게 모두 대피하도록 명령을 해 두었던 것입니다. 강철이가 천천히 땅으로 내려앉아 똬리를 틀었습니다. 진구도 눈 깜박할 사이에 금빛 개구리 왕자로 변했습니다. 훈련을 통해 몸이 더 강해진 것입니다. 강철이가 머리를 곧추세우고 개구리 왕자를 향해 불을 내뿜었습니다. 뜨거운 불길도 금빛 개구리로 변한 왕자에겐 아무 소용이 없었습니다. 강철이는 당황하며 연속해서 꼬리를 날카로운 창처럼 찔러 왔습니다. 개구리 왕자는 빠르게 피하며 뛰어올라 강철이의 가슴을 향해 공중 모둠발 돌려차기를 먹였습니다. 강철이도 개구리 왕자의 공격을 잽싸게 피해버렸습니다. 낮이 지나고 밤이 지나고 시간은 흐르고 또 흐르는데 개구리 왕자와 강철이는 서로 제대로 된 공격을 하지 못했습니다. 그런데 갑자기 이상한 곳에서 승부가 갈리기 시작했습니다.

　강철이가 시계방향으로 빠르게 회전하며 여덟 개 모습으로 변하기 시작했습니다. 개구리 왕자는 알 수 없는 미소를 지으며 강철이에게 아주 가깝게 다가가더니 시계 반대 방향으로 강철이보다 더 빠르게 회전했습니다. 회전으로 생긴 강한 회오리바람에 강철이는 혀도 날름거리지 못하고 얼마 후 어지러운 듯 비틀거리기 시작했습니다. 강철이가 힘을 회복하려고 붉은 구슬을 급하게 하늘을 향해 토해내었습니다. 그것을 본 개구리 왕자는 회전을 재빠르게 멈추고 광장 분수 쪽을 향해 힘껏 달렸습니다. 그런 다음 유리병 속에 든 무지개 끈을 풀어놓았습니다. 그런데... 병에서 나온 무지개 끈이 강철이는 묶지 않고 붉은 구슬을 축구공처럼 감싸버렸습니다. 무지개 끈에 묶인 강철이의 붉은 구슬은 점점 작아지더니 무지개 끈과 함께 유리병으로 쏙 들어가 버렸습니다. 예상치도 못한 무지개 끈의 행동에 강철이와 개구리 왕자는 싸움을 멈추고 멍하니 무지개 끈을 바라보았습니다. 멀리 떨어져 결투를 지켜보던 개구리 왕도 황당해서 입을 벌리고 바라보고 있었습니다. 결투는 다시 시작되었지만 강철이는 개구리 왕자의 힘을 당해 낼 수가 없었습니다. 마지막으로 개구리 왕자가 강철이 머리를 향해 공중 모둠발 반달차기를 날렸습니다. 결투는 끝이 났고 다음 날 계속 움직이는 큐브 감옥 어느 방에서 꺼내 달라며 소리 지르는 가짜 방과 후 선생님의 목소리가 들렸습니다.

# 14. 개구리 나라와 개구리 마을

　몇 달 동안 많은 이무기가 개구리 나라와 개구리 마을의 강과 호수로 이사를 왔습니다. 이무기들은 개구리 왕과 왕자에게 수행할 장소를 줘서 고맙다고 인사를 하면서 세계 곳곳이 지금도 너무 오염되어 가고 있다고 말했습니다. 개구리 왕은 진구에게 개구리 나라에 머물러 있어 주기를 원했습니다. 하지만 진구는 지금은 개구리 마을에 살고 싶다며 거절했습니다. 언젠가 개구리 나라로 오겠다는 약속은 해 주었습니다. 진구는 집을 향해 걸음을 옮겼습니다. 대문 앞에 엄마와 아빠가 서서 기다리고 있었습니다. 진구를 본 엄마와 아빠가 눈물을 흘렸습니다.


　"매일 대문 앞에 나와 기다리고 있었단다, 아들아. 다친 곳은 괜없고?"


　"네, 엄마 아빠. 너무 보고 싶었어요."


　진구는 달려가 엄마의 품에 안겼습니다. 엄마의 품은 너무 따뜻

했습니다. 저녁 뉴스에 아나운서가 급속하게 퍼지던 감염병은 줄어들었지만 아직 치료약은 개발되지 못했다고 전했습니다. 화산과 지진 활동, 이상 기온 현상은 인간의 만든 재앙이라며 세계 모든 나라가 힘을 합쳐 환경 보호 운동을 실천해야 한다고 강조했습니다.


　아침 햇살 가득한 진구 방 창밖에서 병석이가 고래고래 소리를 질렀습니다.

　"왕진구! 학교에 가자. 이미진 선생님과 수진이도 벌써 학교에 갔다고 하더라. 빨리! 빨리 나오라니까."

　"알았어! 그만 소리 질러."

　진구는 아침도 굶고 병석이와 함께 학교로 달려갔습니다. 학교 운동장에는 이미진 선생님과 반 아이들이 벌써 와 게임을 하고 있었습니다. 진구와 병석이도 끼어들었습니다. 이미진 선생님이 팔을 번쩍 들며 외쳤습니다.

　"모두 달려!"

여기저기서 달리던 반 아이들이 멈췄습니다. 진구와 병석이는 여전히 달렸습니다.

"왕진구! 김병석! 탈락!"

이미진 선생님이 환하게 미소 지으며 또 외쳤습니다.

"거기, 서!"

이번에는 반 아이들이 힘차게 달렸는데 수진이만 멈춰 서 있었습니다.

"양수진! 탈락"

진구와 수진이는 서로를 바라보며 활짝 웃었습니다. 개구리 마을의 개구리 학교에서는 선생님과 아이들이 청개구리 게임을 하느라 시끌시끌합니다.

# 개구리 왕자 왕진구

**지 은 이** 왕사

**1판 1쇄 발행** 2019년 11월 11일

**저작권자** 왕사

**발 행 처** 하움출판사
**발 행 인** 문현광
**교정교열** 홍새솔
**편    집** 조다영
**주    소** 전라북도 군산시 축동안3길 20, 2층(수송동)
**I S B N** 979-11-6440-079-9

**홈페이지** http://haum.kr/
**이 메 일** haum1000@naver.com

좋은 책을 만들겠습니다.
하움출판사는 독자 여러분의 의견에 항상 귀 기울이고 있습니다.

이 도서의 국립중앙도서관 출판예정도서목록(CIP)은 서지정보유통지원시스템 홈페이지(http://seoji.nl.go.kr)와
국가자료종합목록 구축시스템(http://kolis-net.nl.go.kr)에서 이용하실 수 있습니다.(CIP제어번호 : CIP2019043747)